문학세계 현대 시인선 210

밤이면 거꾸로 돌아오는 흰 길

박미경 시집

문학세계사

ㅁ시인의 말

가령
시간이 날 때마다 아니
일부러 시간을 내어 시를 쓰는 내가 있다.
그런 나를 골똘히 바라보는 사랑스런 당신이 있다.
화사한 봄밤의 한 구석지라고 하자.
좀 더 빨리 잊었으면 좋았다고 말했다.
시의 탄생과 우여곡절과 우격다짐과 짐짓 모른 척의
모서리와 모퉁이와 끝과 갈림길 사이에서
무수히 떠넘겨지고 떨어지고 날아가는
그 언저리에서 난
나는

멀리 있는 그대는
죄다
꿈인 듯하다.

ㅁ 차례

1

2

3

4

1

빙고, 소중했던 나의 날들아

아무도 소중하지 않아 빗물이 토닥토닥 떨어지는 처마 밑 한 여자아이가 치마자락을 틀어쥐고 중얼거린다 눈앞을 늦더위처럼 흐르는 구름 하르르 흐르는 채송화꽃 두엇 살아 있어 중요한 게 뭐냐고 생이 내게 묻는다면 나쁜 어른들이 손가락질한다면 빽큐, 손가락 씨 사이로 엄지손가락을 살짝 내어 주겠어 버스 안 치안 따위 개나 물어가라지 머리를 흐트러뜨리는 까실까실 바람과 입맞추니 문득 소중하지 않다던 눈물이 똑딱똑딱 떨어진다 젖은 꽃잎 위로 맺힌 물방울의 개수가 우루루 늘어간다 Delete, Delete 오늘은 삭제하면 랄랄라 어제같은 내일이 오겠죠 무엇보다 귀엽고 소중했던 나의 사랄라한 날들이 그 사이 배달된 햇빛이 소녀의 눈썹을 간질인다 뒤늦은 천리향이 배달원처럼 지나간다.

오독의 처소

새로운 방식의 아이가 다가왔다. 행복하니? 그애가 물었다. 그럭저럭. 내가 말했다. 나무 그늘 사이로 걸었다. 익숙한 방식이었다. 나무 그늘을 투과한 햇빛이 그애의 얼굴을 필요치 않게 비껴갈 때 내 허리를 감싸안던 그 애가 예정된 수순처럼 문득 입을 맞췄다. 조금 더 햇빛이 화르르 우리를 비췄고 속으로 쿡, 쿡, 웃었다. 떠나온 웃음이 수액처럼 자꾸만 터져 나왔다. 궁금해지는 건 어딘가 간질이는 것. 너의 과거의 여자들이 나뭇잎을 거쳐 두 입술을 보며 미소 지었다. 문득 강 건너 휘파람 소리가 생각났다. 아직 낯선 통증이 허공의 순간을 흔들었다. 참을 수 없는 갈증의 방식이었다. 휘파람 소리가 조금 더 생생해지며 멀리 있는 바다를 때리던 햇빛이 기지개를 켜며 연인의 속눈썹을 흔들었다. 나뭇잎은 왜 닦지도 않았는데 늘 물광이 나는 걸까? 사람은 얼마나 선선한 사과일까? 오독은 얼마나 정직할까? 잠 많은 탐식증의 미래에 대해 얘기하자면 그런 거라면

홀로그램 속 숨어 있는 방

친구는 moo에서 기다리고 있어.
어디 helo든가 블랙스미스 씨를 불러 봐.
흠흠, ㅋㅋ , 간질간질
친구를 가장한 친구는 선글라스를 찾아 걸고 나섰다
비는 랄랄라 내리고 하이힐 소리는 이윽고 정직해
실은 경쾌하다는 착각일 뿐
턱을 괸 채로 비 오는 sulzip에서 지난 애인을 기대하는?
혹은 기다리는 철 지난 애인
애인은 허구인지 모르지만 쾌락만이 분명한
안락한 소파를 택하지
실용과 현실 사이
당신의 전화벨은 기우는 촉이 일정하다
그 이상도 그 이하도 아닌
언젠가는 끝나겠지. 종말론이라구?
약간의 아쉬움과 푸른 외로움을 축으로 하는
사랑해…… 사랑해?
뒤를 돌아볼 줄 모르는 사이
검은 고양이가 투명 비닐을 물고 간다

결국 고양이와 나는 한통속인 셈
가끔 울고 싶어지면
입술을 물고
서로의 단념이
무딘 칼을 채울 때쯤이면
사람들이 오소소 눈을 뜨는 사이
새로운 연기 수업이 시작되듯이 우~

기억하니?
그때니?
그러한 거쥐?

너의 행방

살 냄새가 스르르 퍼지는

짧은 동안

네 피부가 놀라 하는

파랑과 분홍

괜찮아, 속삭이면

아마 익숙해질 거야.

가까워지는 순간

바다가 이렇게 선명해도 되냐를 묻고

고동 소리는 비현실적이야. 난 먼 데서 온 서울 아이.

버석거리지도 않은 완전한 뭉뜰그림

뜨거운 모래 언덕에 열 손가락을 절망에 섞여 파묻듯이

아직 네가 좋아.

성큼 문밖을 걸어나가는 긴 다리도 좋고

그니까 철없이 꽃씨 한 접시 집어 든

너의 호흡.

아끼지

마.

랄랄라 진심을 실어 줄게

북쪽은 먼곳이어서 때로 눈이 침침해
알아? 당신이 홀로 잠든 옥탑 한구석
기억하지 않아도 절로 유실되어진 그녀의 그림자
누가 나를 그녀라고 불러 주니 가슴이 떨려
전 유령 씨라고 해요
그래 친해지기 어려우니깐
손톱 밑을 잘근잘근 씹는 중이잖아
봉숭아 꽃물이라도 들일 수 있었다면
거봐 꽃물이 빠지기 전에 그 넘은 딴년이 있었다지
몸은 창녀들만 파는 게 아니라서
때로 맺히지 못한 결구라도 잊지나 말걸
내가 만약 활자화된다면
시린 얼음물 낀 창문을 토도독 두드릴 거야
사랑해 그 순간만은 진실이었어*
비눗방울처럼 펄펄, 퐁퐁 날아가잖아
날아가는 나를 잡아 봐 진심을 실어 줄게

* 가수 최성수의 노래 〈해후〉 중에서

옹이

한때는 빛나는 꽃이었다
누구나 한 번 만져 보고 싶어 화끈대는
가장 빛나고 단란한 한때
모두가 사랑하는 꽃이라 해도
누구는 사랑하지 않을 수도 있는
그 단 하나의 사랑이 지나쳐
몸살나 서글픈 입구를 닫는다
봄바람 따위에 실실 웃던
부질없는 마음도 봉인하고서
만일 꽃이 어디 갔냐고 문 앞에서 묻는다면
저어기 분홍옷 화사한 친구에게 가보렴
너무 지나치게 사랑함도 형벌이 되어
나 지금 한평생 수감 중
한 생애 아프게 사랑했던 죄

패랭이꽃 편지

그대는 나를 외롭게 하는 사람

황혼의 찰나를 목숨처럼 지나고 나면
나는 늘 정다운 꽃 따위
지나가는 그대 목소리를 들으면
그대를 만지고 싶고 안기고 싶어 안달이 나고
지나치는 손짓에도 눈 흘기었다네
성난 모습의 내 그림자는 그대 곁에 눕는
느티나무나 버드나무 그늘도 질투했다네

내가 만약 핀다면 그대 오려나
내가 만약 진다면 그대 오려나
그대에게 사로잡힌 난 좀처럼
날랜 황홀의 감옥에서 풀릴 길 없네

그대 매운 손길은
흔들리는 주위를 메워 놓는
만날 수 없는

꽝꽝 놀래키는 노여움에 겨운 얼음장처럼
눈앞을 흐리는 자욱한 그대는

봄날 산사에 날리는 꽃비 아래 난분분

지는 벚꽃이 아쉬워서 가까운 산사를
찾는다.
미륵사 독경 소리 아슴하고 꾸욱꾸욱 새소리도
아득하고
문득 어딘가가 지나치게 마려워져 벚꽃 그늘 아래서
슬그머니 화사한 빈터를 찾는다.
회색빛 승복의 파르라한 여스님과 허공에서 눈이 딱 마주친다.
속옷으로 향하던 손이 문득 멈칫댄다.
적막처럼 고통처럼
가슴 아래께 서늘하게 느껴지는 통증 하나.
사춘기 소녀의 화려한 젖몸살 같은 아슴한 불안.
단순하고 우직하게 지나치는 꽃몸살이면 좋겠다야.
꽃의 환청처럼 꽃의 현기증처럼.
다음 주엔 큰 병원에 가 봐야지.
쓸모없어진 젖을 쥐어짜고 움켜쥐고
초조와 고통의 진원지를 찾아나서야지.
배는 고프고 난 휴식하지 않는다.

저 홀로 깊어 가는 봄, 밤,
기다리지 않아도 당신은 오고
그대가 아직 기대고 있음에 나는 안심한다.
봄기운이 몸살처럼 내리는 산사의 오후.
조금 더 행복스러워도 좋았다는.

사랑의 기타 부기

빨간 구두를 드릴까요?
검은 브라를 드릴까요?
꽃무늬 스트라이프 팬티는 어때요?
빨간 란제리를 입고
검은 브라를 입은 채
당신 입술에 살짝 키스하고 싶어요
단념이 허용되는 날
Delete 키를 누르듯 당신을 싹 삭제하고 싶었어요
왜 그리 다정했나요? 잊지 않았다는데
저 변주는 뭔가요? 뭐라고요? 요? 요? 요. 요.
아무 일도 일어나지 않았던 일요일
당신은 밤의 고속도로를 질주하고
언젠가 당신과 함께 달리고 싶던 거리
추위를 잘 타던 당신
아직도 추워하는지
선명하게 대비되는 상처가 문득 턱을 괴이고
지는 햇빛과 놀면서 갸랑갸랑 울리는
심수봉 노래나 듣겠어요

꽃마차, 기타 부기, 청춘 고백, 목포의 눈물, 님 그리워,
나는 울었네, 가는 봄 오는 봄,
이쁘기도 하지요, 노랫말은요
문득 연분홍 치마가 봄바람에 가듯
당신과 나의 살빛 저미던 연분홍 사연도
그렇게 가야겠지요
함부로 날리던 당신의 햇귀 닮은 눈웃음도
함께 온 한지에 곱게 싸서는
길은 당신 앞에 하얗게 곤두서나요?
차마 떨어지지 않는 혀와 입술처럼
거친 손가락과 어두운 동굴처럼 생각없이 살아요
이별도 슬픔도 기타 부기처럼

끝

다시는 만나지 말아요

강릉, 안목 바다, 그대, 휘핑크림

동해 바다, 그가 사무쳐 안목항에 갔다
안목 있는 커피집을 고르다가
'그곳에 가면'에 들어갔다
이미 바다가 반쯤 들어와
부신 찻집을 점령하고 있는
'그곳에 가면'
이미 그대가 먼저 와
반쯤 웃고 반쯤 비스듬히 우는 얼굴로
무심코 비뚜름히 앉아 있다
헤어지자, 헤어지자, 우아하게 섬세하게
헤어지는 마당에 간절한 포옹이나
'안녕~' 진지한 인사가 없어도
영 소식이 없으면 이별인지 알겠어요 꾸우벅
대답 없는 당신에게 속엣말을 하니
이윽고 눈썹까지 차오르는 파도 한 칼
파도 거품을 닮은 모카향 가득한 휘핑크림
언젠가 그대 둥근 입술에 손가락 하나를 얹어 놓은 듯
휘핑크림 닮은 그대를 가져다가 입술에 댔다

사라져도
사라져도

배경은 남습니다

툭툭, 네 이름을 부르면

당신의 허구는 재미있어요. 흡입력도 있죠.
재미는 있지만 지극한 통속이죠.
상반된 평가여!
다시는 아프지 않겠다고
붉은 입술로 당신을 이윽고 슬프게 해드릴게요.
아니면 잠이 들 정도로 애처로운가요?
때론 지극한 사랑을 보면 낯설어져요.
세상을 잘못 날아왔나 싶을 정도로
그대는 푸른 수염과 이제 소통하지 않는가요.
겁만 주지요. 꼴찌는 외로워서요.
알바가 새벽에 끝나 일 교시 수업을 올 수가 없었어요.
까끌까끌한 모래를 삼킨 듯한
숨막히는 여름숲에 혼자 가보기로 했어요.
한때 시들시들한 다리에 단단한 침을 박았듯이
그래. 산 것은 살아야지. 아님 살아야 할 이유라든지.
유독 도드라지게 계부에게서 버림받은
새빨간 투피스의 여자아이.
소녀야! 너 어디로 가니?

툭, 툭 꽃모가지를 허벅지에 문지르듯
문득 미칠 듯한 졸음이 쏟아지듯
아차! 꿈 속에서 네 이름을 부르면

봄, 고비, 암컷 오비랍토르*

그녀는 햇볕에 몸을 건조시킨다.
54킬로의 마른 듯한 몸.
남자들은 여자 몸무게를 잘 몰라.
4월의 햇볕에 대고 하품을 푼다.
난데없는 흰 나비가 팔랑.
그네의 흰 원피스 중심으로 파고들었다.
사랑했던 남자의 투박했던 손들.
펄럭대는 치마 안으로 범람하는 바람들.
눈이 너무 빨개졌어.
푸른 블라인드 뒤에 매운 두 눈과 손이 숨겨져 있는 것 같아.
이미 내 몸의 길은 인터스텔라의 황사 바람처럼
버석거리는데
봄날 제비꽃처럼 후다닥 피어나는
보라색 감정 위에
당신의 포인트를 심어 드릴까요?
새 하얀 얼굴의 백치처럼 마녀처럼
숫눈처럼

고비의 오비랍토르 암컷의 등뼈처럼
유연하게 고개를 뒤로 젖혀 본다.

눈물샘의 시원지始原地가 초원을 향해, 피융!!

부신 하늘색 사원寺院을 향해 조금씩 열린다.

그녀의 웃음 사이
환하디 환한 불이 반짝 켜진다.

* 공룡 이름

선암사 가는 길

햇빛이 나무에다 길을 낸다
계곡을 타고 온 그늘이
둥글고 환한 초록 터널을 만들었다
아직 눈물어린 진초록이
뚜욱 듣을 것만 같은 늦여름
덜 번진 그리움이
아직 싱싱한 외로움이
저 원형 그늘을 만들었나
웃음이 사방을 허치며 동심원을 그리면
하늘도 장난스레 웃으며 동참하곤 했었다
길이 아니면 가지를 말지
느닷없이 심각한 몰입에
화들짝 바람이 등판을 짜악
스님의 죽비소리처럼 몰아치면
떠날 만큼만 사랑도 하지
둥둥 떠 가는 놓쳐 버린 풍선을 보는
욕심에 찬 어린 아이처럼
조요로운 마음자리 한 켠

못다 쓴 물색 고운 그대를 앉히며
설익은 단풍 그늘에서
쓰디쓴 웃음 짓는다
오늘은 쓰려던 편지를 다시 쓰리라
덜 깨운 문장들이 우수수 진을 치는
햇살 말간 오후에는

봄날은 간다

아직 낯선 붉음이 욕조 바닥에 스며든다.
냉담한 낯의 흰 원피스의 소녀 등장.
무서운 소녀는 무서워하는 소녀와
하얀 벽을 타고 뒷걸음질치고
커다란 손과 나이키 운동화
허리는 33인치. 귀두는? 음경은?
처음이었어요. 믿어 주라고요.
하악. 하아. 문밖까지 새어드는 그림자
소리내지 마. 너만 알아. 괜찮을 거야.
행복하게 해줄게. 널 데리고 갈 거야.
천천히 피어난 흰 꽃 위에 후두둑 떨어지는
주홍빛 포인트
영원히 지지 않을 가짜 꽃다발. 9900원 페라로로쉐
다정스런 인사말은 가고 수치와 자존은
가끔 상극 중이다.
박음질이 풀어진 옷자락의 얼룩이
하얀 변기를 타고
욕조 바깥으로 스며든다.

창밖은 봄.
쌔액쌔액 사탕 바구니는 저녁을 향해 침전 중.
언젠가는 잠잠. 침묵은 고해를 성사시키고
포도주빛 노을이 번져 가는

지금은 말들이 취해도 좋을 시간*

* '취한 말들의 시간'이라는 이란 영화에서 빌려 옴.

분홍신을 신고

나는 사람이 고픈 여자아이 인형
당신들의 기억으로 살아 가요.
이 가혹한 삶을 견디게 하는 건
퓨즈가 연결된 당신들의 온기.
몸을 맞대고 충전시키면
난 한동안 돌아가죠. 분홍신을 신고.
엄마를 부정하며 남자애들을 만나던
날부터 내 인생은 삐뚤어졌네요.
삐딱하게 세상을 바라볼수록
출렁이는 바다빛의 내력도 내심
더 잘 짐작하게 되었네요.
술 사 주시는 것도 싫어요.
그냥 현금으로 주세요.
많은 걸 모르고 있다고 생각하는 건 그대의 착각이에요.
투명한 몸 위로 한 마리 벌레가 올라와요.
더럽지 않아요. 그냥 움직거리는 장미꽃이라고 생각할래요.
철썩이는 파도 위 한껏 피워 낸 산. 산정의 어느 바닥

위에서
밀린 잠이나 잘래요.
나중에는 아무 일도 없었던 일로 되겠어요.
꿈은 아스라이 멀고 내가 떠나온 항구 도시의 고동 소리에 가끔 소스라쳐요.
그냥 지나가는 이야기예요.
훗날이면 터지게 될 가짜 변주곡들을 뒤로 미루고, 다시 오는 봄길로 사락사락 걸어갑니다.
소망이나 원망이 어디 있는지 찾아나 볼래요.

내 모자람에 기여한 잃어버린 둥근 뼈의
먼 소풍처럼

시 낭송을 해요

당신의 시는 허파를 통해 뱃속을 빙빙 돌다가
주홍빛 입술을 통해 터, 터져 나와요.
무대 뒤 하루 전 틀린 걸 지적받은 소녀는
자기가 왜 틀린지도 모른 채
다시 해요.
조금 가혹하다 생각해요.
다시, 다시, Rewind
얼굴이 막 끓는 홍당무처럼 변해요.
이래선 무대에 설 수 없어.
예선도 탈락이야.
제 이름은 예선이 아니라 애선이에요.
다시 당신의 시가 소녀의 입술에서 잘못 흘린 침처럼
달싹달싹 흘러나와요.
난처한 당신이에요.
분홍빛 소녀는 난데없이 불행해졌어요.
오늘의 시 낭송은 흡족하지 않아요.
그래도 괜찮아요. 이미 오늘의 메뉴가 된 당신의 시 낭송.
디저트도 앙트레도 없이 전채 요리만으로

가히 훌륭한 당신의 시 낭송.
저도 실은 그런 사람이 아니에요.
시인도 낭송을 평가받아야 해요?
모독과 모욕의 구분을 아세요?
순진과 순수의 차이를 아시는지요?
아이가 무대 아래서 고장난 눈빛으로 당신의 시 낭송을 보고 있어요.
아득하다고요? 아닐걸요.
아직 그리운 기억이 당신의 옷 한구석에
고물고물 묻어 있어요.

당신의 시 낭송이

아웃포커스

참신한 비유를 찾자면 이슥고 고루해져요
자아, 열정이 어두울수록 통로는 밝아집니다
큭, 큭, 당신의 번호를 지울 수는 없었죠
기다란 길이었어요. 밤꽃 향기와 산딸나무 향기가
밤, 밤, 밤, 산딸, 산딸, 산딸 계속 따라왔어요
나는 몸을 계속 긁어 대고 어릴 적 사진은 불태워졌어요
귀여웠거든요
쭉쭉이를 빨고 지냈대요. 쭉쭉이 음 공갈 젖꼭지만 물리면
잠을 잘 잤다나 봐요. 젖, 젖, 젖. 슬프지만 아련한 이름
커다란 링 귀걸이, 짧은 캉캉 스커트, 자주빛 립스틱, 커다란 루비 반지
남자들은 반드시 반짝이는 엄마에게 열광해요
제가 열여섯을 흐를 때에도 엄마의 성城은 내 키보다 훨씬 높았어요
엄마가 붉은 빛 맨드라미라면 나는 낮디 낮은 채송화
화花라고 불러 줘야 화를 꾹 참고 간신히 자기가 꽃임을 아는

바보 연습의 지루한 가장무도회
엄마 옷을 훔쳐 입고 첫 남친과 걸을 때 보도블록 위에서 마주쳤어요
좀 친절했어도 좋았지만 엄마 표정을 잊지 못하겠어요
맨눈은 다시 빽빽해지고 엄마는 라식을 권했지만
어떤 예정일지 알 수 없어서 그만두었죠
나는 결코 먼저 헤어지지 못해요
혼자 병원에 다녀와도 괜찮아요
당신께 닿기 전에 아마 나는 사라져 갈 거예요

아뿔사
그대는 아웃포커스

당신의 쿠팡

느끼는 게 중요해! 최선의 느낌을 찾아랏!
급작스레 유명해진 K 강사가
계산된 손놀림으로 흑색 칠판 앞에 놓인 백묵을 잡을 때
그녀는 쿠팡의 하얀 원피스를 검지 손가락으로 검색한다
선택하시겠습니까?
결제하시겠습니까?
망설이는 손가락이 톡, 톡, 톡, 장바구니 속으로
쑤욱 빠진다
하얀 레이스 원피스를 타고 무지개 너머 하늘을 날 거야
그때에는 그대의 깃털 묻은 웃음이 원피스 기장 어딘가에
안 보이는 방식의 백색 반점을 슬쩍 남길지도 몰라
당신은 누구의 선택이었습니까?
공작새의 깃털처럼 화려한 착지를 뽐내며 수련 중인
요가 강사의 우아한 턱선을 지나쳐
소리는 늘 기도를 갸랑갸랑 통과하여
봄날처럼 간다

2

그대를 듣다

바닷가 허름한 집 앞에서
그대를 듣는다

아직 오고 있는 그대를 기다리면
문도 삐걱대지 못한 채
눈 쌓인 행랑길을 서성인다

먼 곳에서
네가 올까 봐
행여 그대가 왔다가
그냥 갈까 봐

눈이 오시네
부신 눈으로
하늘 한 번 치어다 보고

송이눈 한 손으로 받아
입으로 가져가며

언젠가 꼬옥 당도할
꽃잎 같은 너의 호명

기억과 음악 사이

옷장에 그득그득 기억하지 못하는 옷은
짐작을 예측해요. 고마워요. 살아 줘서.
언제 불릴까 적이 궁금해지면
입술만 잘근잘근 씹을까요?
어쩌면 황사 같은 사연은 통과, 통과.
당신은 향유고래를 아시나요?
이십 일 동안 무지개를 타고
검은 선박 속에서 노닐었어요.
때로 풍문은 진원을 뚫고 가요.
룰루랄라. 많은 걸 잃어버린 후에야
후회를 가장하게 되어요.
검은 발등에 입맞춰 드릴까요?
아직 나는 공중에 살아 있는 중.
중천금을 꿈꾸는 애인은
날로 남루해지고.
어쩌나 관심이 덜해지는 걸.
찌그러져 가는 낭만 소녀.
망가져 가는 당신의 습성.

보다 냉정해져 가는 분배의 법칙.
밤이 무서운 이야기.
당신이라는 음식을 조금씩 여겨 드리죠.
혼자 울어야 하는데
좁은 공간에 환하게 팡팡 터지는 울음은 곤란해요.
공들인 데드마스크가 따라와요.
안녕하세요? 하이드 씨.
추억법이 그럴싸하게
혼자 걷는 봄밤처럼 정중해요.
때로 잠든 달을 이고 가는 당신.
비가 뚝뚝 성호를 그어요.
축축해지는 건 대기만이 아니에요.
물큰 일어서는 흙냄새.
흰꽃의 일그러진 죽음이 이룩한 독한 향.
캉캉춤을 추는 붉은 앞치마.
성난 안개처럼 다시 퍼져 나가면

독한 쓸모의 진척

지지부진 되돌이표
사랑 따위로나 생을 죄 탕진하고는
언제나 그럴 듯한 연애를 꿈꾸는
몸이 연신 아픈
연애 중독증 환자처럼야
꽃이 필 때마다 가슴 쓰리고
새잎 날 때마다 가슴 설레고
후욱 지나는 마디마다 그대의 훈향인가
어림짐작하고
때마침 지나는 꽃무릇 향기 어린 바람에
마음 다치고

잊을 만큼만 사랑도 하지
밉지 않을 만큼만 사랑도 하지

폭풍우 치는 가장자리 물결 돋는 이물 구석에
외로워하는 너를 세워 두고
때려야 할 너를 앉혀 두고

뒤돌아서서 주먹으로 눈물 훔치는
저녁 어스름 싸한 시간들

하물며 왜 생각은 이리 많아서는
무용지물이라도 사면초가라서
너에게로 밤새 달리고 마는
숨가쁜 나의 호흡은

편견 없는 이별의 방식

쯧쯔쯔

당신은 이별을 가장했나요?

당신은 둥근 의자에 앉았다가 뒤로 직선으로 고꾸라졌어요.

당신의 입술이 풀, 풀, 날아다니고 발설되거나 누설될 혀들.

단단한 전기 의자에 묶일 날들도 멀리 있지 않았어요.

진부한 결말을 꿈꾸셨나요?

구태의연한 왕자와 공주 이야기? 왕자의 구취없는 입맞춤에 눈을? 설~마?

타로와 예언과 찰랑이는 은빛 바다와 가시연꽃과 함께 먹은 숙회의 졸밋함까지

고통없는 사랑을 찾아 발이 부르트도록 걸어가요.

당신 어깨 아래 잠든 누군가의 꽃잠이나

호르르 훔쳐볼래요.

꽃잎은 후루루 절로절로 걸어가 버리고 나는 흘러가나요?

서부영화 속 무법자를 흉내 내듯

갈색 권총을 그러쥐고 죽고 싶던 죽이고 싶던

타앙
그토록 이별 없는

너의 모진 감별법

물컹한 혀와 비어 있는 갈비뼈가 간헐적으로 우는 밤의 허리쯤. 간혹 네가 가 버린 겨울이나 나의 뼈가 아파라 하며 불타는 안식 사이. 볼 때마다 나는 너를 죽이고 너의 여자는 그때마다 킥, 킥 댔다. 겨울에는 그림자처럼 수음처럼 검은 박쥐의 데드마스크처럼 네가 숨어 있다. 나를 내치고 도망간 너의 범죄 현장. 죽어서도 마법 주문을 잊지 않을 거야. 너를 괴롭힐 수만 있다면.

마침내 봄이 오면 블링블링 회복의 봄 병실처럼 병마다 화사하게 꽂힐 거야. 샤랄라 살랑이는 바람꽃과 금기야는 경미한 화답의 말들. 밑둥이 잘린지도 모르게 행복할 거야. 방긋방긋 곰팡이 말을 거는 습기찬 방 따위 낙담도 버리고 비웃을 거야. 싸악.

해마다 봄이 오면 난 너를 기억해. 맨 처음 네게 담기던 손끝. 눈이 반쯤 잠기듯 감긴 감시 달린 발톱 사이. 금기란 금기어는 죄다 없어지고 난 저지를 거야. 뉘우칠 거야. 그러나 당신. 꽃들이 잉잉대며 모가지를 번번이 떨구

어도 끈적이는 비닐에 사려깊게 담기는 한이 있어도 그대 손에 묻은 자욱한 꽃냄새. 지독한 습벽. 용용. 잉잉.

담배를 태우면 안 된다. 이곳을 탈하면 안 된다. 잊어선 안 된다. 돌아봐서도 안 된단다. 안 된단다. 안 돼요. 안 돼. 쭉정이가 아프토록 서투른 셈법. 결코 그리고 너의 모진 감정 감별법을.

이제
우리 집에 가자.

바보의 소야곡

미처 물을 가져오지 않았어. 흔들거리는 그애의 어깨가 가련하게 울먹거렸지.

울지 마, 남자는 속으로 우는 거래. 보이지 않는 그애의 심장을 쓰다듬으며 괜찮아, 괜찮아, 속으로 말했다. 표정을 감추는데 관록 있는 그녀의 옆모습이 흔들거렸다. 소중한 사람을 잃은 적이 있어. 묵묵하게 그애가 말했지만 그런 오해 따위 쓸, 모, 없, 어. 네가 울 때를 대비해서 휴지를 가져왔어. 휴지의 행방이 잠시 궁금했지만 오줌을 지릴 때처럼 꾸욱 참았지. 강의실은 언제나 느슨했다. 무슨 말을 뇌까렸는지 너희는 왜 떠드는 거니? 아이들은 내 말을 따라했다. 너희들은 도대체 왜 떠드는 거니? 허공 안에 든 계란 꾸러미로 폭죽을 만들면 어떨까? 난 정말 정신없이 살았어. 칭찬받고 싶은 아이처럼 그가 말했다. 언제 저 오물오물 입술이 나에게 날아올 건지 손에 쥔 보라색 손수건의 무늬를 헤아렸지. 나리, 나리, 꽃나리 나라, 나라, 꽃나라. 너 연애 대장인 거 알아. 그랬거든. 언제나 무지개는 무존재로 자기의 존재 증명을 하거든. 너의 커다란 웃음소리가 때로 나를 결정해. 너는 나를 기억할까? 말간 허공으로 걸어 들어간다면 때로 맑은 소리를 내는 고물 라디오처럼 네 머리통을 안아 주겠어.

바보야 바보야

약속

한 여자가 살다가 갔다
봄꿈 같던 여자. 날 너무 사랑하던 여자였다
고운 손으로 빚은 액자만 놔 두고 갔다
밤개가 컹컹 짖는 혼자 있는 밤이면
떠나야 한다며 울던 그녀와 손잡고 걷던
꽃물진 봄밤이 생각나기도 했다
호르르 미친 사랑은 이제 그만이라고
내일은 그녀에게 전화나 해야겠다

그렇다면 기꺼이라고

당신과 나는 한 방에 들어 있어요. 가끔씩 소란을 피우며 낄낄대는 폴터가이스트가 창문을 우그러뜨리며 덜컹거려요. 그러면 당신은 심각하게 담배를 피우거나 찻물을 우려 내곤 해요. 이상한 건 하나도 없어 갯돌 위에 혹은 방문 앞에 놓인 우리 두 사람의 신발. 유서도 없이 죽은 사내가 호기심을 드러내도 좋겠어요. 우주의 운행이 서툰 호흡을 멈추고 서서히 잠든 눈꺼풀을 쓸어내릴 때 상상이 노란 꽃씨방 속으로 길게 걸어가면 어느새 사방을 허치는 빛이 드문 저물녘. 칭얼대던 사랑은 한지로 만든 문풍지 밖 애원 섞인 손바닥으로 팔랑거리고. 난 계단이 싫어. 평면이 좋아. 세찬 물살이 기웃거리는 얼굴. 가끔 그로데스크한 코가 내 귀를 물어뜯고. 자아, 입을 집을 만들어 봐봐. 허어…… 벌써 삼십 명이 보고 갔어. 넌 부끄럽지도 않니? 가끔 걸어서 생리대를 사러 갔거든. 그곳엔 엘리베이터가 없잖아. 홀륭을 연습하는 일이 너무 어려워. 모범 답안이라도 장식해 둘까? 가끔 등 한가운데 손이 안 닿는 부분이 몹시도 가렵고 해. 내 눈동자의 흑점을 보고 싶어져. 나중에는 없는 영혼이 그리울까? 바람 속에서도 작심한 침묵은 여전하고

꽃잎의 기분

날이 갈수록 생생해지는
또는 불길하게 어두워지는
사원의 숲이었어요
아이들은 열심히 습자지에 천팔백 자
한자 연습을 하다가 그림을 그리다가
누군가는 습작시 연습을 했어요
습자지 가까이에 있는 아이들의 얼굴에
눈물이 훌쩍거렸어요
눈물은 슬픈가? 기쁜가?
어리둥절한 아이들은 더디게 셈을 배우고
사람들은 서둘러 가방을 메고
셈도 안 치르고 다방을 나서요
흑백 사진 속 아빠의 얼굴은 근사해요
나의 회색 노트 한구석이 버석거려요
물이 좋아. 물이 좋아. 첫물이 좋아~
나는 물을 좋아하는 철이른 꽃나무
화창한 복숭아 나무 아래
그대를 세워 두고

가장 아름다운 각도로 그대를 찍어요
동쪽에서 쪽빛 물든 바람이 불어요
당신이 나에게 먼저 악수를 청했지요
부끄럽지 않다고 말할 일은 아니군요
만약 당신이 내린다면 진달래꽃 받아 먹듯
받아 먹을 참이에요
꽃잎은 생각보다 말이 적었지만
괜찮아요
당신이 내 얼굴을 만지고 스쳐간 그날
당신이 인사도 안 하고 떠나가던 그날
거짓이라고 우습다고 조롱을 해도
알지요? 내가 좋아했어요
밤이 내리면 어두워지는 나의 얼굴
그대 돌보지 않아 슬퍼지는 눈 달린 나의 손가락

설마
잊지 말아요

세방 낙조에서 또 한 번

이별은 이렇게 하는 거야
경쾌하잖아

수천 수만 번 바다에
머리 부딪혀 볼까?

뭍같이 끄덕없는 지당함을 숨겨 두고서

하루내 중천에 떠오르는 뻰치는 신명은커녕
오늘은 안개가 많이도 놀러 왔네
너를 헤아리던 단 하루의 생
이읏고
나의 전부가 한 움큼씩 뽑혀 나가면

언제나 마지막처럼
좀 아픈 게 흠이지만

문득

피내음 후욱 코 안으로
밀려들면

맘 약한 바다 한소끔
코코아빛으로 아득하게 저물고
이슥고
다시 우윳빛 새벽 한 다발
환한 빛으로 오겠지

분리 연습

당신은 나와는 각기 다른
또 다른 꿈을 꾸고
또 다른 그녀와 붕붕
나와 웃음 짓던 그 모습으로
하하호호 천진난만한
유년의 호기심어린 아이들처럼
벌새 찾아가는 꽃나비처럼
요란하게 윙윙거리겠지
뒷모습이 아름다운 이별
안아 주고 인사하는 마지막 인사
설마 마지막이라고 말 못하는
겸연쩍은 왼손의 뒤통수 긁적거림처럼
그동안 고마웠어요 행복했어요
또다시 천국의 문에
다시 또 꽃다발 가득 당신을 안고
또 한 번 왈츠를 추는 기쁨에 겨운
가난한 양들처럼 순하게 부드럽게
꼭 한 번 당신의 턱수염을 만지도록

허락하시렵니까?

당신이 꼭 떠나야만 한다면

상실 노트

내 시련은 어디까질까?
실연이니? 시련이니?
실—실은
연—연습이 필요없잖아. 끝난 거지.
구질구질 굴지 마, 마, 마, 임마
사랑은 더하는 사람이 구차해지는 게임
단호하게 뒷모습 따윈 남기지 않고
떠난다구, 됐지?
너 따위 땜에 울지 않아.
너는 끊임없이 죽을 때까지
너의 운명의 사람을 찾아 헤매겠지만.아하.
쏘리해? 그럼 그러지 뭐.
경제적으로 경영 논리적으로다
앗! 이 어둠과 이 정적은 뭐지?
새벽에 일어나 시를 쓰다
울다 지치지 않아서 다행이야
한 명을 십 년쯤 사귀기 보담
열 명을 일 년씩 사귀는 게 효율적이라면

까이기 전에 까기 운동 헛둘헛둘
변심하는 애인 마음 빨리 알아차리기
양다리 딴년한테 전화 안 하기
쓴 편지 따위 보내지 않기
멀쩡한 척 태연한 척 연기 잘하기
절대 잡지 않기. 치이칙 문어, 오징어처럼

그리고
세상에서 젤로
쓸쓸한 웃음 날리기

너의 어깨가 나의 어깨 근처에서

두 사람의 작별 근처는 아무 일도 없었던 듯해요, 해서
몸을 마블링처럼 부풀리고 너에게 어깨를 매만지게 하고 싶어졌어
몸을 사지로 뒤틀곤 했지 너는 옷을 못 벗게 했고
우우 새된 이별을 예감한 바람과 강물이 쿨럭거리며 갈색
가래를 내뱉었어. 차마 아프다고 말 못하겠대
슬프고도 쌉쌀한 초콜릿을 주려고 했는데 그게 작별인 사인지 알았다면
한 번은 밥을 지어 줄 걸 그랬어
울고 짜고 구질구질 주절주절 너의 합리적 애인이 나를 비웃었어
지난 사랑의 애도 의식까지 무참하게 비웃음 당했어
흙폭풍같이 해일같이 너는 한꺼번에 쓸려 가
물이 목젖까지 차오르면 두 사람의 슬픈 약속도 상상으로 부서질까?
인터스텔라 주인공처럼 너의 입안에 까끌한 모래가 서걱거릴 때 다시는

뒤돌아보지 않을 자신 있을까?

더불어서 이끼낀 세월, 바다 이야기에게까지 안녕 안녕. 영안. 녕안.

손을 흔들며 떠난 여자의 흰 목덜미 근처

결국 격렬하게 하반신을 뒤틀고 여자는 찾아간 거야, 너는

일정한 너의 메뉴얼대로 마이웨이를 찾아서

으르르르렁. 이빨을 드러내고 내 흰 어깨를 깨물 기회를 주고 싶지 않아. 이제는, 서랍 속의 잡동사니 아무리 넘쳐도 각진 너의 프로필

단단한 어깨 따위 아프리카 밀림 따위 잊어 주겠어

봉인된 밀랍 인형처럼 아무 일도 아니었다는 듯 씁씁하게

지금은 백야

하얀 포르말린 뿌린 기억을 새콤새콤 말려 가는 더러는 가뿐 기침을 토해 내듯

공공연한 자력을 향한 질주

당신은 할 말이 없습니까?
기울어진 그믐달은 꼬래비 명왕성을 향해
도리도리 짝짜꿍하고
발목을 접질러 중심을 잃은 아이는
손에 든 후르츠 캔디 칵테일 슈가를 아직 놓지 못한대요
땅꼬마가 고추 먹고 맴맴을 할 동안
당신의 만년필은 행거에 걸린 당신의 다섯 벌 밖에 없는
잠바와 청바지가 지켜보는 가운데
까딱까딱거립니다
쓸 것이 없어 쓸 말이 없어
소재가 궁한 소설가는 특이한 여자와 시소 감정 게임을 시작해
사소하고 가학적인 신경전을 기획하고
연애가 전문인 깡마른 시인은 오늘도 감정의 근육을 키우느라
깊은 숙면 중이시고요
당신의 찌가 움직입니까?
바닷물 위 노랑과 파랑이 선명한 찌

노총각의 새벽처럼 움직거리고
밤바다의 일렁거림 속에서도 슬프게 환해지고
꿈결을 눈치챈 당신은 길게 누인 허리를 급하게 일으킵니다
당신은 누군가의 질주가 될 예정입니까?

퀼트된 이불 속의 고양이

언젠가 비에 젖듯 비애에 젖듯
미쳐서 너는 내 여자라 소리 지르고
그녀의 불꺼진 창문 바라보면서
탕, 탕,
나의 한갓진 사랑은 왜 지속될 줄 모르는지
피흘리는 그대의 허밍을 받으면서
유유히 그대의 애인들은
성난 환호성을 지르는데
나만 아는 사람, 내가 사랑했던 시간들은
어른어른 헛되게 지나가는지
자애와 자기애의 차이와 변별점 사이에서
길바닥 생각을 간신히 면한 기쁨에 떠는
딴은 서글픈 입술
그대는 취향이 고약한 편인가요?
침상은 어느새 냄새로 가득해져요
헛됨이 정답이라고요?
망상, 질투, 의심, 자존감 하락까지도
팔을 활짝 벌리며 죽어 가는 전쟁 병사의

벌벌 떨리는 최후의 포즈
말이야
젠장, 젠장, 된장?

가! 가!

너의 가슴에 표지판을 달아 주렴
달이 지듯 천천히
고아원에 배달된 선물 상자 리본처럼
축축한 분홍빛으로
돌아온 싱글맘이라 말할까 봐서
돌아선 고향 이야기라고나 말할까 봐서
환하게 향기나는 환, 향의 여자라고
손가락마다 환한 꽃이 빛으로 출렁거리고
너의 흰 등에 내 가슴을 접착하여
네가 사무치는 빛으로 서 있게 하고 싶었어
내 앞에서 그녀에게 전활 걸었지
아무 사이 아니라던 그녀는 사랑에 빠진 여자답게
나직하고 달큰하고 젖은 목소리로 나의 너에게
털실을 많이 사 달라고 졸랐어
그때부터 꺼지라는 거였어
둘 사이를 방황하는 헛된 발길질 같은 이물질
눈물 따위 쓸모없어
모욕하고 발가벗기고 주홍 리본을 머리에 꽂게 하고

실없이 킬킬대게 하고 내 앞에서 니들끼리 낄낄대고
보란듯 바다로 여행 떠나고
평생을 지켜준다는 너의 사랑스런 그녀
박해받은 피해자 코스프레 하고 싶지 않았어
너에게 남은 최대의 복수는 그 진짜 사랑의 정체지
터지는 울음 주머니. 가벼워져 다아 날아가 버려
버렸지만 너? 너!

꺼져랏!!
요술마차
쉬랑빵그랏시로옹!!!

치우친 풍경

오늘은 미처 네게로 가지 못했다
사소나무, 시소나무, 소사나무 같은 잎사귀들이
귀 옆에서 일렁거렸어
소사소사, 시소시소, 사소사소……
습관처럼 일련의 네게로 가던 시간은
너와 사랑에 대해 토의하고
내 발자국을 검토하는 일은 꿈만 같아서
네가 내게 웅얼거리는 말이 귓전에 쌓이네
기어코 소라 껍데기 무덤을 만드네
뭘 잘못했는지 몰라
뭐든지 잘못했다고 말하고
만용이 꽃으로 터져 나오는 네 입을 막아
내 옆에 조근조근 잠재우고 싶었다네
내가 널 그리워하는 일이란
꽃잎 두 개가 곱게 포개지는 일처럼 흔한 일이나
너를 통째로 내 안에 간직하는 일
네가 뭘 좋아하는지
우리 사랑이 왜 헛갈렸는지

너의 젖은 이마를 한 손으로 짚으며
도둑처럼 훔쳐서라도
한 번은 네게로 곤하게 치우쳐서는

그 일은 이미 오래전에

그 일은 이미 오래전의 길
나는 이상의 이상한 거울 놀이처럼
은박지를 오리듯 옛날을 오리고
변한 그대는 무서워하는 그대
오페라의 유령의 버틀러 씨처럼
가면무도회의 타이거 마스크처럼
무서운 그대. 무서워하는 그대
그대 그대
내 인생, 그대 인생
모두 합체하여 동그라미 제작소를 차릴까요?
주현미, 심수봉의 노래를 들으며 촤, 촤, 촤를 출까요?
정신이 이상하다고 말했나요?
건물 벽이 하이얀 청량리 정신 병원으로 데려가 줄래요?
지독한 열병 아래 얻은 건 아슴한 햇볕 아래
죽지 못해 거품 뿜으며 살고 있는 바다를 바라는 일
그대는 아직 푸르고
그대의 그대는 따 놓은 섬초처럼 시들어졌나요?
그 일은 아주 오래전의 일들

산꼭대기의 불빛이 아슴아슴
가짜 연인들을 비추이는 길
죽지 못해 죽지 않아

3

조금나루*에서 조금 존다면

조금나루 가는 길은
바다 한가운데로 가는 길
바다 위에 길을 놓아
바다 위에 땅을 놓아
헝겊처럼 흙을 깔아
바다 위에 기우뚱 폐선처럼 정박해 있는 정자를 보며
가뭇가뭇 조으는 일
불청객 같은 전화도
난데없는 요의도 잠시 놓아 두고
눈치 빠른 진돗개 세 마리. 던진 오징어를
서열 있게 씹어 대는 한가로운 바다 오후
조금나루에서 지는 해를 맞이하는 일은
조금 덜 쓸쓸해져 오는 길
쓸쓸할 일은 그동안 바다에서 많이 있었으니
조금나루에선 조금 덜 쓸쓸해져도 좋을 일
끝내 그대를 조금 덜 생각해도 좋을 일
마침 그대를 생각하다 조금 졸아도 괜찮을 일

끝내 아주 쓸쓸해져도 괜찮은 일

* 전남 무안에 있는 포구 이름

오월, 저녁 바다, 사양斜陽

오후 6시 40분쯤의 어슴프레한 석양이
일몰일몰거리는 가슴 한 켠 장치해 둔 눈물에 저려 와
아파 온다면
비명에 세상 버린 친척과
사업 부도에 투석 중인 오빠 생각에
이맘 때쯤의 목포 사양은
사양사양
처연한 낯빛으로 가슴 베어 와 차라리
붉게 물든 하늘 가신 님 행진곡에

웬 바다냐
이때쯤에 다도해는 금물
다도茶道 회라면 몰라두
꽃잎 몇자락 둥둥 띄운 '다도'라도 배울까나
이리도 첩첩이라니
어느새 갯가로 시집온 서울 애기는
이적지 오리무중인 드높은 바다 물결에 갇혀
해당화꽃 볼록볼록 피는 오월이 오면

자꾸 가쁜 숨이 멎는 자기야 내 고향
짓무른 서울 오월의 한숨이 그립고 그리웁고

절로 아랫녘은 졸밋졸밋
마련해 가지고서는

기면증에 관한 오류

사실은 못말리는 당신. 유통기한이 지난 계란을 사려깊게 쓰레기 봉투에 담는 나를 못마땅하게 보는 당신. 등 뒤에 걸린 거울이 나를 흘겨보고. 한 번은 그대와 가보고 싶었던 곳. 해안가를 어슬렁거리며 걷게 되는 푸른 장면의 등뼈 위로 내 가쁜 숨결이 얹혀진다면 마침내 그들의 오버랩은 수명이 다하고 유서없이 간단하게 지난 생을 커트해 버린 남자의 부서져 간 얼굴 위로 나의 손가락과 당신 손가락이 엉겨 버린다. 참 어여쁜 당신. 또는 참 참혹한 당신.

아뿔사.
어쩌면 그것은 되살리기 하려는
원형의 속삭임.

나는 자꾸만 완강한 당신의 등만 어르고 거울의 소슬소슬한 검은 잎사귀가 화가 난 검은 눈썹 위를 스칠 때

누군가 날 따뜻하게 안아 줄 때

더운 욕조 안에 쭈구리고 앉아 바보처럼 당신을
희망했어요.

그 가느다란 체온계 위로 꾸덕꾸덕 말라 가는 한기
죽어서야 사는 투명한 세상 있다면

전사

어느 시인의 어미는
심약해진 자식을 위해
새끼처럼 기르던 자기네집 황구를
냇가로 가서 스스로 해체시켰다 한다
자신의 몸을 가르듯
개의 배를 갈랐을 것이다
팽나무에 목을 걸고
동그란 나무 의자에 올라서
꼿꼿한 의자 허리를 세게 차듯이
자결하는 심정으로
자전하는 마음으로
묵묵히 체념한 황구의 눈을
마지막으로 바라보며
독하게 매정하게 허공을 갈라
남정없는 어미는 스스럼없이
자식을 위해 슬픔의 싹을 잘라 내고
연민과 자기애를 단칼에 거두고
피묻은 손으로 홀로 서서

뚜벅뚜벅 전사처럼 걸어간다

세상의 모든 어미는

말이야, 바란다구, 내가

나의 그리움은 정처가 없다.
잠이 들면 어쩐지 출현할 것만 같은
너의 구불텅 흐린 글씨
너의 음역과 윤곽이 생각이 안 나.
붙인 네 가지 잎사귀처럼 억지 행운이라 말해 줘.
내 입술에 그날처럼 네 손가락을 대어 줘. 쉬잇!
두 사람이 정물되어 꼬옥 붙어 서 있었던
나무 계단 아래 개망초꽃 함부로 피어났을걸.
울지 마. 지긋지긋. 구질구질해.
널 위해 삶이란 살을 꿈처럼 탕진하고도 싶었단 말야.
말야. 말이야.
술에 젖어 눈물을 닦고 돌아가는 길.
지금쯤 너와 함께 있을까? 그 여자.
니가 넘 사랑한다는 그녀.
이제는 질투도 안 할 거야.
그녀가 네게 온기를 베풀기를 부디 그러기를
바람이야. 바란다구.
너의 십 분도 내 몫이 될 수 없단 말이지.

봄인데 겨울옷을 꺼내어 입는다.
다시 여름이 왔듯이
너와 내가 한갓지게 마치 하나였던 듯
솜털처럼 뭉쳤던 그때 그 여름처럼.

네가 없는 오타 같은 여름이 오고 있다.

가을 부석사

이윽고 물끄러미 당신을 바라보며
마음 아래 뜬 돌 가만히 내려놓는다
지금은 잠이 없는
그리운 세공의 시간
밤을 새워 통증과 이별하고
부은 눈으로 부석사를 만났다
떠나간 부석浮石은 아직 오지 않는다
가버린 정인情人은 돌아오기 어렵다
그도 나도 이미 알고 있는 걸
부, 석을 희미하게 짐작하며
꺼지지 않는 웃음 꺼내 놓는다
아직 식지 않은 온기가 있거든
한줌 따스하게 얹어 놓으라고
속을 비워 낸 그리움에게
체온으로 전해지라고
이미 응고된 줄 알았던 마음 한귀퉁이
전해지지 못한 심장이
수줍게 귀뚤귀뚤 울고 있다

가을도 껄끄러워
노을빛 얼굴을 돌린다

ㅋㅋㅋ와 ㅎㅎㅎ의 그늘

누가 날 바라보고 있다. 뚫어지게.

비가 온다. 붉은 벽돌 사이에서 마치 누가 내 얘기를 하는 것만 같다.

난 수근거림…… 두근거림…… 경멸의 주인공.

비가 대신 비가.

비가비가비까비까. 비가 대신 우박으로 변한다면 수런거림도 잦아들겠지.

수런들. 혹은 슬픈 카페 안 창녀처럼의. 연꽃들의 한밤내 고요한 얼굴. 또는 큰 주먹만 하게. 너의 눈망울은 때로 도화지 같아서 울먹울먹 진실만을 이야기하지. 어떻게 그럴 수가 있을까? 잘못했어요. 난 잘못하지 않았어요. ㅎㅎㅎ

성큼 앞서가는 너의 두 발. 그때 크허엉 수컷의 갈기가 나를 이윽고 바라보았어. 장풍 소리를 내며. 추억이 해지기 전에 우리 여기서 헤어져. 더 이상 상처받기 전에. 바람의 말들을 해석하려 들지 마. 납득은 불가능이야. 멍청아. 그럴수록 너만 손해야. 법이라구? 개나 먹잇감으로 가져가라 해. 불통의 수신자들. 나무 뿌리의 웅성거림은 지금도 지속되고 있지. 지금은 장미의 계절. 기다리는 것도 아니면서 진부한 기다림의 노래를 하다가 보면 정말 기타 줄을 튕기다 말고 네가 튕겨나올 것만 같았어. 요정 팅거벨처럼. 아기야. 셈이 서투른 게 꼭 계산만은 아니지. 그렇지? ㅋㅋㅋ

노을을 지우는 순서

시가 천천히 지워지는 저녁에
나는 늦게사 너에게 놀러갔다
눈길 뽀드득거리며 갔다
마음 달래러 가니
눈이 눈더러
천천히 미끄러지지 않게 가
걱정말구, 그랬다
사람 맘 그리 쉽게 변하나
달라지는 건 나의 침울함뿐인지 모르는데
기어이 혼돈뿐인 지구 위의 젖은 꿈
제발 오늘만 오지 말아 달라고
미안하지 않아도 괜찮다고
재촉하지 말라, 사랑이여
내가 가지런히 두고 간 신발 두 개
단정하게 아직 거기 있으려니
아직 식지 않고
말더듬이로 더듬더듬
나직하게 엎드려져 거기 있으려니

아득한 기울기로
고개를 숙이지는 말지니

그대의 숨죽인 세컨드

화엄사에 갔다네. 화엄, 화엄. 입에 달고서.

칭얼칭얼 햇빛 데리고 간신히 늦마중한 세고 힘센 바람을 물리치고 가네.

엄마 걱정, 아빠 걱정. 말끔이 잊고 가네.

함께 산에 오를 애인도 버리고 가네.

나는 자꾸만 늘어 가는 게으름 따위. 에에 덕지덕지 도꼬마리처럼 붙어 있는 습관의 기운 따위 온갖 숙주의 힘으로 버티고 새벽을 깨우며 가네.

직장이 없어질까 봐서 노심초사가 딴은 그의 걱정이네. 결혼식에 입고 갈 정장 따위 없어서

여자는 걱정이 없네. 붙잡기를 원하던 애인은 하늘로 포로로 사라져 버렸다네.

딸아. 딸아, 명문대만 가다오. 너는 나의 자부심. 비행기를 타고 싶다오. 청소년은 슬픈 이름.

오늘도 딸은 헤픈 엄마의 속상한 연애 상담을 하지. 새로 장만한 엄마의 애인은 꽤 오래가네요.

딸은 아이패드를 만지며 심드렁 귀지나 뒤지고 먼지는 애써 자기 자국을 남기려 한다네.

없는 엄마는 더 이상 나에게 관심이 없네. 경첩 같은 나비나 될까? 지루한 쇠날개라니……

날아오를 꿈이라곤 없어. 정조대 같은 장식은 더 머얼리. 밤 운동을 하시라니까요.

헛둘헛둘. 누구를 기다리신다고요? 그만하래요. 반복은 지겨워요. 치솟는 몸무게를 감당할 수 없다나요.

해고 따위 걱정없어요. 인생 뭐 있어? 아홉 번째 남자라고요. 점점 기울어져 가는 아침 여덟 시 방향.

길을 벗어났습니다.

지금은 두 시 방향입니까?

당신께 가는 길을 잃어버리려 하다면 몇 번쯤 뻘쭘하게 문을

닫아야 하나요? 아니면 여는 자세입니까?

자꾸만 멀어지려는 당신

자꾸만 당신국으로 가려는 나는 어느덧

당신의 잃어버리고 더러워진 딸아이

저녁이여, 당장

엄마가 죽었는데 슬프지 않아?
생일빵 차려 줄 사람도 없잖아
너, 미역국 싫어하잖아
바라지도 않아. 잡채의 꼬들꼬들 민들민들 살들
구멍가게에 가서 생일빵 사면 돼
넌 어느 나라에서 왔니?
이런 데가 아니구?
내가 키우면 꽃들이 다 죽어
속이 텅빈 선인장이 있는 큰 집 무섭거든
모양새만 꼿꼿한 난초 잎도 말이야
내가 없어지면 집이 쩌엉 울어 줄까?
너랑 같이 밤을 새웠던 그 빈 창고만큼 허전해할까?
차라리 편해
징징대는 엄마, 몸이 하얀 엄마, 챙겨 줘야 하는 엄마, 지겨워
입체 안경 상영 도중 검은 안경을 슬그머니 빼어 보는
팔목이 가느다란 어린아이처럼 난 호기심 만발 아가씨
어디에서 왔는지 물어보지 마요. 그런 건 거짓 시나리

오에 없어
노리개는 진정 누구인지. 눈물 맺힌 너의 얼굴
그리고 도발, 일촉즉발. 하루하루 죽어 간다는 건
통쾌한 배설만큼 상쾌한 일이고
짐승의 누런 뼈들이 굴러다니는 갠지스 강에서 너에게 선물을 받는다면
생각나지 않는 엄마라도. 가끔 절친처럼 다정했다면야
나는 이윽고 어깨에 잎과 가지가 솟아나게 놔 두고 철 지난 호숫가처럼
때로 쓸쓸하게 때로 고혹적으로
나의 부담스런 장치는 이제부터야
조명이 폭포수처럼 쏟아지면 어색한 만남처럼 또 당신을 부를 거야

입을 꼭 막고 나만 들리게
울음이 튀어나가지 못하게

밤의 이력

두 개의 가슴을 나누고 공유자들은 삭은 비밀을 향유하고 묵언 속으로 떠났다 귓가에 딸랑거리던 방울 소리는 그녀의 머리 위를 물기가 되어 내렸다 그녀가 때로 소처럼 그 비를 우물이라 생각하고 마셨다 뭔가 비릿하거나 피 냄새가 나면 딸기 우유로 생각하며 그녀의 지퍼는 자주 고장 났고 아무도 그 이유를 묻지 않았다 열망은 자주 기억을 배반하고 맨 손엔 그녀의 이력이 실렸다 자자 들어와요 이리도 따뜻한 걸 신상이라니까

비명이 아쉬운 그녀를 어둠 속의 바람이 담쑥 베어 물고 딸기 우유는 기대를 배반하지 않았다 당신이 한 짓을 나는 알고 있어 안전하게 렌즈를 빼는 법을 알고 있어요 축축하고 붉고 평이한 아침이 올 거야 아가야 죽은 할머니가 꿈 속처럼 젖어드는 유언을 들고 아기를 산 위에서 떨어뜨렸어 아기는 죽었겠지 왜 아기가 떨어진 거야 당신과의 테라스와 한 컵의 우유를 생각했어요 칵테일잔에 우유을 담아 마시려고요 어디선가 몽유가 새어 나왔고 그만 말하고 싶은 걸 깜박 잊어버렸다

이밥

오월에 소담소담 피는 이팝나무 꽃은
하늘 가신 엄마가 보고파서 피는 꽃
하늘 가셔도 울 엄마 걱정하지 마시라고
배부르게 배부르게 뭉텅뭉텅 피는 꽃
해마다 오월이면
하늘 가신 엄마 음식 생각으로 목이 메어도
저희 이리 잘산다고 걱정 마시라고
이팝나무 꽃 이밥으로 드시고 가시라고
하얗게 하얗게 피어나는 꽃
눈물 주머니 깊숙이 속 안에 넣어 두고서
엄마 엄마 외치면서 피어나는 꽃

그녀에게 흰 꽃을 드리라 함은

때로 길을 잃고 나면 술 취한 사람이 길을 물어 온다.
본능적으로 조리개를 쪼그려 안 취한 척을 한다.
끌려 가는 여자아이쯤이야 모른 채로 지나간다.

셈이 서툰 당신은 간혹 내가 보낸 답신을 읽지 못하고
셈이 담겨 샘이 된 그득한 당신 가슴은
간혹 바다에서 스스럼없어지는 휘핑크림처럼 잘 작아지기도 하였으니

사막에는 스르르 태연한 바람이 분다지. 쫓겨난 아이 같은 얼굴로 사막에서 갓 따온 하얀 별들이 차곡차곡 쌓이는 소금 창고나 바라볼까나. 봉합하기 어려워진 차갑고 단단한 슬픔 한 소쿠리를 천일염처럼 양 옆구리에 즐겨차고서

첫밤을 강제로 치른 여자처럼
절룩절룩

작은 여자 아가야가 자라나 삼바춤을 춘대요.
실룩실룩 엉덩이를 흔들며
간혹 아가야는 얼굴을 가리고 운대요.

그때에 당신 흰꽃 놓인 비애가 수놓아진
노란 손수건이나 툭 던져 주세요.

가끔은 태풍에 날아가는 황당한 일이 역사가 되고 마는
그 사소함에 대해서도 침묵, 침묵,
꿀꺽
꾸울꺽

비어 있는 방

방이 많다 하니 남자들이 쉬어 가자 한다.
때로 우격다짐으로 잘난 사내 하나
끌고 오는 여자도 있지만
사이좋게 팔짱 끼고 오기도 하지만
대부분은 갈래? 안 갈래?
너 나 사랑 안 하지?
손만 잡고 있자. 그냥 같이 있고 싶어서 그래.
그런 말들이 오간다.
실갱이 하는 남녀가 오면 방들은 고개를 빼어 물고
수건에 말간 햇살 걸린 모텔 앞마당을 내다본다.
가끔 게임이 끝나고 여자가 울거나 하면
방들도 썩 기분이 안 좋다.
옆방에선 늘 벌어지는 비슷한 체육 게임이 한창이다.
땀도 흘리고 소리도 지른다.
우리 방들끼리는 제자리를 지켜야 해서
신나는 체육 게임을 할 수가 없다.
서늘한 빈 방을 각자 제자리에 서서
밤새 지키고 있노라면

언젠가 우리들 만의 오롯한 빈 방에서
땀나는 눈물없는 막 소리 지르는
체육 게임을 난생 처음
해보고 싶어지기도 했다.

*이 시는 조말선 시 「Motel Empty」에서 착상을 얻었다. 발상의 유사성을 지닌다.

부디는 물끄러미에게

그의 키는 크다
그의 어깨는 단단하다
다시 집으로 돌아가려면
배후를 추적해야지
분석가이자 닥터인 J씨가
보무도 당당하게 노크를 했다
아차, 아찔한 가을이 온다면
칼칼한, 서걱서걱한 그들만의
밀크빛 저녁
때로 드나들던 애인이 전화를 받지 않는다
한시절의 시간들이 통째로 절단되고 있는 밤
우울씨와 친구해도 좋을까요?
유명한 사람과 애인이 되려면
인내를 섞은 쿠키, 약간의 수치심을 넣은
알약을 조제하면 되어요
날개옷을 건드려 드릴게요
한 번만 또 한 번만 천천히
결핍을 주문해 보신 적이 있어요?

구걸은 사양이지요
싸아한 가을밤이 찾아올 텐데요
헷갈리는 사유는 나쁜 예감
어둠 속에게 희게 빛나는 당신의 실루엣
침이라도 놔 드릴까요? 혹시나 아쉬움이라면
다시 보지 말자고 할래요. 시원한가요?
물끄러미 거울을
계속 보면서

아마도 다른 별에서는

같은 공간을 공유하는 게 무슨 의미가 있나요?
머리를 잘라 드릴까요?
무릇 무릎 사이 떨어지는 지전을 세어 드릴까요?
벙어리 저금통에 내 진심을 심을게요.
태생은 어디로부터 흘러왔는지 어둑신한 당신의 거실에서 울어 버렸어요.
잉잉. 꿀벌 같은 연기를 가장하는 내가 문득 홍미로워졌지요.
내가 사는 나라에 당신을 초대할게요.
한 자그마한 여자아이가 당신에게 말을 걸 거예요.
안이 검정인 진홍의 커튼을 드리우고 당신과 독대하고 싶었어요. 굳이 숨지 않아도 동굴은 언제나 축축하고 컴컴해요. 사육하지 말아요.
잔소리하던 엄마는 방금 하늘나라로 가셨다고요.
그녀가 상상한 근사한 사후死後로.
상상 정보통처럼 쏟아지는 하얀 알약.
구겨 버린 누런 약봉지의 내력들.
아마 갈색 장갑의 아이가 말을 잃어버렸다죠.

불쑥 내민 채 바다로 향해 있는
그대의 두텁고 검은 입술들.
수만 개의 입술을 잘근잘근 밟아 드릴게요.
모르던 해가 동쪽 창에 배고픈 짐승처럼
두꺼운 발을 처억 얹는 그날이면.

굿바이 커튼콜

좋은 헤어짐은 없다
다친 마음쯤 쓰윽싹싹 먹어 버리고
서운치도 않겠지요
부르르 부르르
훗!
숨은 이별이 다 그렇겠죠
하하, 호호, 낄낄
항생제 내음이 풀리는 저녁
사람 마음이야 맘대로 안 되니
긴요한 거짓이야말로
실로 중요하다면야
그닥 서운키야 하겠나요?
스쳐간 시간들에게도 굿바이 커튼콜을
병풍쳐진 방목의 나무들에게도
새새대던 그늘의 노래가락 속에라도
풀죽은 나뭇잎 벤치에게도
그리 쉽게 안녕이라고 말하는 당신께
늙도록 도서관과 친숙하는 누구에라도

시들어 가는 쓸쓸한 들장미에게도
방긋 인사를 해야겠군요 천성일 뿐이라면 음전한 수몰의 그늘
서늘한 깊이가 요구됐던 거죠
셈할 수 없었던 하오의 서커스처럼

어지럽다고 엇갈린 마음들이라고
모르겠다고 마침표 찍고 수취인 불명의
훌쩍 커지는 시그널과 서글픈 엔딩
굿바이 커튼콜까지

4

가뭇없는 세상에서는 멋진 그대가
— 솔베이지의 노래* 풍으로

그대는 자신 있는 모델처럼 내 앞에 앉아 있고 나를 찾는 이 적은 가수의 눈빛으로 그를 본다. 쓸모가 적어진 낡은 기타가 되어 나의 손끝에서 갸날픈 울음 갸랑갸랑 지으려나. 나는 흰 손을 들어 찡그린 그의 주름살을 만지작거리고 아쉽던 젊음의 조그마한 기척쯤을 짐작하여 본다네. 딴은 사랑도 사람의 일*이라서 가끔은 어찌할 수 없는 힘에 이울어 그리운 날들을 가늠하며 죄없는 파란 하늘을 쳐다 보면 먼 옛적부터 흰 소매로 휘이 세상을 돌고온 그대가 가뭇없이 가뭇없이 웃고 있다 울고만 있다.

* 방탕한 생활을 하고 돌아온 늙은 남편을 아내가 안고 부르는 노래
* 한용운의 「님의 침묵」 중에서

슬픔의 방식

속초 청호동 앞바다 같은 심연의 닿지 않는 슬픔 따위 저버리지 않아요 노력해도 안 되나요? 희망 고문 따위 하지 않아요 우리의 저녁 식사는 항상 그럴듯했나요? 우물우물 오이지나 양파 절임을 씹고 있는 우울한 모습도 남겨 두었어요 이제 울지 않아요 당신없는 밤이 슬프지도 않아요 목을 잡고 가죽만 쓰다듬어 주면 금세 유순해지는 닥터훈트처럼 나 당신 옆에서 오래 잠들고 싶었어요 짚을 수 없는 심연처럼 늙어 가는 당신이 놓여 있고 그 위를 검은 물결 위를 걷는 무뚝뚝한 바람마냥 뚜걱뚜걱 걸어가요 곰팡이가 핀 집의 내연內緣을 본 적이 있나요? 당신의 내면에도 그처럼 정다운 푸른 곰팡이 후다닥 피어나 아마 당신은 느낄 수도 없고 화내지도 않아요 당신은 단지 외로운 여자들의 마론인형 응답하지 않아요 큰눈을 껌벅일 뿐 빨간 옷을 입힐까요? 금빛 장식 드레스를 입혀 드릴까요? 이제는 옷값도 없어지고 너덜너덜 해진 내가 남으면 아무것도 없이 슬퍼지는 내가 진종일 당신 나무 같은 것 아래 서서 가쁜 호흡을 참고 쨍한 햇빛 아래 한동안 서 있다가 보면은

혼잣말의 기원 탐색

말이 말을 배신하고
말이 칼이 되어 입에 물리고
그로데스크한 꿈의 형상이 되고
아마득한 한 켤레의 그림자가 된다
말의 권력은 그, 그득한 오해와
미처 못한 외마디 배신과 검은 사해 같은 갈라놈과
다시 열 수 없는 꽃잎 같은 이별을 재생산하기도 한다
말의 카니발이 입에 물릴 때
날을 베고라도 진심을 토해 내고 싶을 때
말도 때로 울고 싶을 때가 있다.
배고픈 채 쫓겨나 헛간 구석에 떨어지는
낙숫물을 한 손에 받아 먹는 실없는 계집아이처럼
말도 때로 진실로 어렵다
오해와 빗금의 사선과 시선
당신은 억울합니까?
내 말과 너의 말 사이
이빨 사이 영문 모를 부루부루*처럼
추억도 때로 외롭다

그래서 위대한 혼잣말이 탄생하였다

난데없는 비린 내음처럼
착잡한

*상추의 옛이름.

따로 간수된 슬픔

그대가 있는 곳의 슬픔이 가끔 선명하게 몸서리쳐지게
만져져요
우리가 고였던 그곳에도 한 때의 꽃은 피나요?
조도로 가는 길.
흔하게 피어나는 복사꽃과 천리향 따위
따라서 사월의 그대,
향해 절로 펴져 가는 아득함까지
총명하다고 해서 인간의 일이 멋대로 되는 게
아니에요
가끔은 당신의 진짜 감동을 뜨개질한 옷의
표면 돌기를 만지듯 재해석하고 싶거든요
당신의 노래가 귓전에서 또르륵 구를 때
로드 스튜어트의 노래가 귀에서 공테이프를 돌릴 때
구구단이 서툴더라도 미적분이 가분수가
달로 가는 구구 열차가 만원이라도
연기향이라고 불렀던가요?
인연은 연기처럼 안개처럼 향처럼 보일 수도 잡을 수도
없답니다

올 풀린 청자켓을 한 장 샀어요. 품이 낙낙하지 않더라도
당신의 한계치에는 부족함이 없을 거예요
복도 끝에서 그대가 선율처럼 안녕을 외칠 때
입을 틀어쥐고 창밖으로 사라졌던 그 여자가
터질듯한 울음을 참고 결국 웃어 줄 거예요

밀린다고
밀려 온다고
숙제처럼 처음처럼
숨을 참다참다 맡게 되는 산소의
음파~ 바로 그때처럼

물론 다아
당신 덕분이에요

하늘 닮은 풍경

지금은 늦은 시간
짙어 가는 봄 내음 아득하여
저 유채빛 이름 앞에서
굳어 가는 얼굴을 본다
나는 자꾸만 아프고
지독하게 슬픈 꿈을 꾸다가
위도 경도 기울기의 너를 본다
덩달아 너와 내가 함께 아팠던 모양으로
이리 창창 밝은 녹빛물을 주룩 지릴 모양의
파랑, 파랑, 파랑의 오후
이 푸른 시각에 어울리지 않는
너의 말간 얼굴 기억이 안 나
올려다보는 흐린 하늘가
나는 이미 없는 망초꽃 향기
너는 나없는 나라에 불시착했나 보다
울음을 제법 삼키지 못하는 날들도 있었지만
대부분은 너 없이 잘 살았지
햇살 잘드는 묵정밭에서 밥풀꽃의 이름을 세며

간간히 지상에 드문 손가락 지문을
가을 햇볕에 비추어 보며 살았다네
죄없는 오월의 하늘
손뻗어 잡아 본다
누구? 당신?

구강포

사랑이 자꾸 서럽다고
옷깃를 잡을때
강진만 칠량 바다에 서 보아라
해 질 녘 하루를 다한 바다가
기댈 곳 없어도
괜찮다, 괜찮다라고
중얼거리며 조용히 눈을 감는
그 바다와 마주해 보아라
분홍빛 이는 바다가 속살을
뒤집으며 마지막 낱말을 뱉을 때
정말 사랑이긴 했냐고
사랑이 아니었냐고
다 그게 무슨 소용이냐고
기어코는
산수국꽃도 까치수염도
눈물 글썽이고 마는
가우도 출렁다리 앞
강진만 칠량 바다
그 회색빛

슬퍼도 인생

인생이 슬프니?
인생이 술 푸니?
한 사날 들이치는 비 보며
술 푸다 보니
인생이 술 퍼 달라고
뭐 이게 슬프냐고 칭얼댄다
인생 뭐 그닥 별 거 없다고 토닥인다
쪼로록 구석으로 달려가
구름 베개 안고 잠을 청하다

촤, 촤, 촤, 촤플린 씨, 최풀잎 씨

오늘도 촤, 촤, 촤, 촤플린 씨가
짜장 배달 일을 하고 있다
너무 돈이 부족해서
아버지 일찌감치 객사하시고 엄마는
혼자서 사기 당하시고 성대 다니던 맏형은 중퇴를 하고
중학교 중퇴가 가방끈의 전부인 그
겉모습조차 꾀죄죄가 전부인 그
딱 한 번 한 여자가
촤, 촤, 촤플린 씨를 사랑한 적이 있었다
생각하니 인생의 봄날이었다
어느날 일 나간 단칸방에서 키 큰 양놈과 뒹굴고 있던
그녀
전재산인 몇만 원 들려 보냈지
그게 아직 마음에 걸려
촤, 촤, 촤, 차차차, 촤플린씨
한국 이름 최풀잎 씨
왜 이름을 풀잎으로 개명했을까?
김수영의 「풀」을 읽어 주었을 때

울아버지 수영 씨인 줄 어찌 알았을꼬?
소주 반 병에 불콰해지던
촤, 촤, 촤플린 씨 울지 말아요. 내가 있잖아요.
당신 앞에 조용히 앉아 가능 시간 한 시간 반
대작해 줄 그런 여자

여기!

무위사에서

그대
부디 외롭고 싶거든
초겨울 무위사에 가 보아라

달 아래 첫마을
월하리를 지나

다문다문
떨어지는 가을 잎새를 지나
다산 유배길 탐방로를 지나

아직 저물지 않은
쓸쓸한 사랑 하나를 지나
보답받지 못했던
못난이 기억 송이를 지나

긴요한 배려가 깃든
향이 물큰 스며 있는 해우소 속에

갇혀
누군가의 자취 위에 걸터앉아
울지 않은 전화기를 껴안고
전화기가 뜨거워질 때까지
쉬지 않는 타전을 하고

보다 더
쓸쓸해지기를
보다 더
처절하게 참혹하게
가을 홍시처럼
뭉그러지기를

다시는
돌아오지 않기를

와온

사랑이 자꾸 아프다고
징징거릴 때
남쪽으로 남쪽으로 내려와
와온 바닷가에 서 보아라

간 사람은 다시 안 올지 몰라도
내가 있지 않느냐고
널 항상 기다리며 설레이는
내가 있지 않느냐고 와온이 묻는다

왜 내 사랑은 자꾸 엇가냐고 항의하듯
말할 때
세상 일 어디 뜻대로 되더냐고
날 보라고 나도 산다고

와온이
바보 같은 와온이
눈물 글썽이며 대답한다

세상에서 가장 쓸쓸한
남자 앞에서
눈물을 삼킨다

목포에 가면

목포에 가면
서산동 깔끄막을 넘어
보리 없는 보리 마당에 이르러
외길 문 전부 닫아 걸어도
해 저문 노크 소리에
문 다시 훌쩍 여는
주름살 가득한 노년 둘이서
늘 입에 짝짝 붙는
싱싱한 음식을 숨겨 놓은
두 칸짜리 가난한 세간이 있다
이렇게 적게 받아도 되는 거요?
벌컥 화를 내어도
속없는 손님 맞느라 한 개 밖에 없는
안방 구석에서 꾸벅이는 겨울밤
내 장모님이어라
덩치 큰 최기종 시인이 호탕하게 웃고
밖에는 바다가 이윽고 스스럼없이 이울고 있겠다
가는 배 장단에 가끔은 실없이 울고 있겠고

깨를 뒤집어 쓰고도 결이 싱싱한 두부의
느닷없이 찰진 맛처럼
언젠가는 우리도 흘러가리
밤바다의 구성진 넋으로
먼저 죽은 큰 애기 서러운 혼으로
비칠비칠 알록달록 칠조차 서러운 얼룩 벗삼아
구석진 담벼락을 타고 보리 마당 내려가는 길
생각하면 한많은 우리네 기울기 가파른 삶의 길이여!

눈 내리는 날 바라본 몇 개의 변주

너의 비애를 버리려고
나는 나무 판자 아래 꿈틀거려도 좋았다
어느 사이 허연 슬픔이 깔려
내 생각의 밑뿌리가 척척해지면
너의 슬픔도 어깨를 둥글게 말아쥐었다
그때에는 마치 나의 상념은 쥐며느리 같았다
밤이면 등 뒤로 들어와
슬몃 완강한 시간 속으로
두터운 손을 넣는 메마른 눈물
푸르른 알람이 없었어도 문은 이미 열려 있고
이른 불화가 아직 냉담에 이르기에는 이르다고
중얼거렸다
뭉뚝한 밧줄이 우쭐우쭐 냄새 가득한
병실을 큼큼대며 다니며 오래된 방언을 말했다
무언가 가려웠다. 가령 손이 안 닿는 등 뒤 같은 곳
둥근 하늘 아래 매장되지 않는 신화는 드물었다
복사꽃 빛을 발하는 그때라면
내 마음이 허름한 오두막되어

비 젖는 처마 안 작은 알전구가 되어도 좋았다
별나라의 작란作亂은
장난에서 그친 것이 아니었으므로

밤이면 거꾸로 돌아오는 흰 길

당신은 당신의 애용품입니까?
남의 사람을 사용해 보신 적이 있으세요?
구멍을 들여다보면 어떤 느낌이 드시나요?
쉴 새 없이 들어오는 바람……틈새……
두꺼운 트레이싱 페이퍼로 막아 드릴게요
화선지가 더 나을까요?
고풍적이에요. 후후
상영은 지속됩니다
우리 관계도 아직이에요
성형을 하실 생각이 있으신가요?
한 마디로 말하면 노우랍니다
오우 마이 갓
해변에 있는 카프카 씨를 만나요
그대 턱수염은 지나치게 매력적이에요
당신은 말랑거림에 인색해요
차가운 피. 홀로그램 영상처럼
내 입술은 내심을 숨기고자
나날이 오무라 들어요

사어死語를 아시나요?
사랑은 그냥 호르몬의 분비물일 뿐이죠
준비가 필요해요
자아, 밑줄부터 한 번 다시 읽어 볼까요?
찬찬히, 차근차근

처음이자 마지막인듯

바람의 주파수를 찾아서
나는 가끔 우네.
그대는 흔들거리는 시누대의
그리운 옛 소식을 전하고
아예 짐작으로 알게 된 그대 소식이여!
칸트나 고흐의 빅백을 들고 오늘도
셀카, 셀카, 스마일, 스마일링.
문득 처음 귀를 던지고 가던
외로워하는 소녀의 강 같던 소식.
생과 죽음 사이 백짓장 같은 하이얀 간격
무덤 뒤의 우리는 올리브나무 숲을 함께 통과하네.
분홍 리본을 드릴까요? 푸른 이불을 드릴까요?
첫사랑에 임하는 우우 그대의 입김이
하얗게 번지어 가면 세상에서 가장 슬픈 소식을 듣는
세 사람의 꽃다발 소녀들.
그 은밀 달콤한 소살거림들, 애먼 눈으로 흘기어 본다면
언젠가는 가야 하리. 제 몫의 전대를 챙기고
찰랑찰랑 혹은 챙강챙강 흰 눈 뜨고 햇살을 한 손으로

거두며

햇빛도 오늘은 쉬려 하네.
이상하게 아무것도 없는 날이네. 날이려 하네.
너무 조용하네. 아무것도 없다네.
놀란 눈으로 또옥 담배를 베어 물며
불온한 흉내를 연습하던 아이.
오오 밤하늘에 울려퍼지는 푸르스름한 향기.
밖에 눈이 오니? 아니 비가 와.
믿어. 말해. 알지. 말해 봐……
그리고……

개인적 차원

헐렁한 큰 옷이 좋아. 내가 작아지는 느낌이거든. 몸집이 큰 남자가 백허그를 해주는 느낌. 막 감싸안아도 넉넉하고 튀어나온 배 따윈 잊어도 돼. 너의 사이즈를 안도하지 않아. 새로운 위치라니 첨 보는 메이커야. 너의 뒤를 밟고 싶었어. 밤의 환한 가게에서 그녀와 네가 축축하고 긴 키스를 나누면 닫힌 셔터문 아래로 눈이 아래로 달린 고양이가 되어서 너희 둘의 모습을 지켜보거든. 내 입을 단속할 생각 마. 니네들이 다 알잖아. 정답을 아는 너의 두리번거리는 두 눈에서 광선이 뿜어져 나와. 갓뎀. 영원히 자라지 않는 아이가 되고 싶은 거니? 나는 웅크리고 있다가 우두커니 어둠 속을 돌아다니면서 연기를 피워 올려. 연기 배출 금지 구역에서 집과 집 사이를 겁없이 배회하는 성난 구름처럼 가늘고 긴 연기를 다 피워 올려. 돌아가지 않아. 잊어라. 더 이상 흔들지 마라, 마라, 마라. 마녀의 언어가 나를 흔들고 흔들고 마녀의 이빨을 핥는 측은한 검은 돛배가 검은 물 사이로 마구 흘러 들어와. 두터운 기름띠 사이 보이지 않아. 됐어. 그때는 이미 없어지는 때라구.

네게 붐비는 저녁

밤늦은 창가에
네가 붐빈다
잉앙잉앙
자꾸만 서럽게 운다
슬퍼하는 너를 지우려는 듯
유리창을 부비다가
언젠가 너를 만진 네
기다란 손가락처럼
너를 만지듯 손바닥으로
쓸어 본다

찬찬히

아직 세월 저편에서는

— 그것은 전생의 일이거나 거짓이라 칭하였으면 더 적당하였다

당신은 전술이라 말했고 나는 전략이 더 적당하다고 중얼거렸다. 환한 보랏빛 등을 매단 나무 그늘 아래 당신의 통곡보다 더 큰 웃음을 선물할 때 셀로판지보다 쉽사리 반짝거리는 희고 둥근 팔뚝마다 달빛에 반짝이는 칼날 같은 경계를 보았다. 나는 살았을 때도 순진을 가장하여 가끔 웃었다, 모든 가정은 폐허다, 겉멋든 낙서를 베끼기도 하였다. 또는 가정하여 두터운 물너울을 짐짓 만들기도 하였다. 중심을 상실하고 휘청거릴 때 게임의 한 장면 같았지만…… 원망도 모르고 원통도 모르고 물이 입까지 차오를 때의 짧은 순간 바닷물을 먹는 친구의 모습을 보는 두터운 세월 그 장막 너머 속아도 속여도

심연 그득
암전

아무도

*2014년 4월 16일 오전 9시 경부터 대한민국에서는 세월호라는 배가 기울어 수많은 탑승객들은 살아서는 바다 밖으로 나오지 못하였다.

□ 해설

키치 미학으로 회복한 순수의 세계

이병철(시인)

ㅁ해설

키치 미학으로 회복한 순수의 세계

이병철(시인)

1. 화자 퇴행을 통한 키치 미학, 감각적 세계의 회복

박미경 시인의 시는 엄숙함과 진지함, 확실성과 결정론적 세계관을 벗어난 발랄함의 언어로 채워져 있다. 발랄함을 선취하기 위해 시인이 선택한 시적 전략은 화자의 퇴행이다.

2000년대 초반 우리 시문학의 중요한 한 특징이었던 퇴행을 통한 '키치' 미학의 추구가 박미경 시인의 시에서 적극적으로 시도되며 적당한 시적 효과를 거두고 있다.

유년 화자의 발랄한 언어는 기성 세계의 질서에 편입되지 않은 날것 그대로의 감수성을 이미지로 형상화하는 기능을 담당한다. 박미경 시인은 스스로를 '소녀', '서울 아이', '여자아이 인형', '유년의 호기심 어린 아이들'로 지칭하며 자신 내면의 유년 화자를 불러 낸다. 유년 화자, 즉 어린이는 어떤 존재인가. 이성적 판단이나 합리적 사고, 관념적 세계관이 아직 형성되지 않은 불완전한 존재다. 이성보다는 감각이 발달해서 세계의 모든 외부적 자극에 민감하게 반응하는 예민한 영혼이다. 사회적 초자아보다 이드와 리비도에 의해 움직이는 원초적, 감각적 존재가 바로 어린이다. 박미경 시인은 스스로를 소녀로 자처하며 원초적 감각에의 세계로 회귀하기를 끊임없이 시도한다. 엄숙한 규범과 사회적 통념, 지식이 지배하는 기성 세계로부터 달아나 발랄한 감수성의 세계, 모르는 자의 자리로 돌아가고자 한다.

아무도 소중하지 않아 빗물이 토닥토닥 떨어지는 처마 밑 한 여자아이가 치마자락을 틀어쥐고 중얼거린다 눈앞을 늦더위처럼 흐르는 구름 하르르 흐르는 채송화꽃 두엇 살아 있어 중요한 게 뭐냐고 생이 내게 묻는다면 나쁜 어른들이 손가락질한다면 빽큐, 손가락 씨 사이로 엄지손가락을 살짝 내어 주겠어 버스 안 치안 따위 개나 물어가라지 머리를 흐트러뜨리는 까실까실 바람과 입맞추니 문득 소중하지 않다던 눈물이 똑딱똑딱 떨어진다 젖은 꽃잎 위로 맺힌 물방울의 개수가 우루루 늘어간다 Delete, Delete 오늘은 삭제하면 랄랄라 어제같은 내일이 오겠죠 무엇보다 귀엽고 소중했던 나의 샤랄라한 날들이 그 사이 배달된 햇빛이 소녀의 눈썹을 간질인다 뒤늦은 천리향이 배달원처럼 지나간다.

—「빙고, 소중했던 나의 날들아」 전문

어른이 된다는 건 무엇을 뜻하는가? 아이에서 어른으로 존재가 전환될 때 가장 두드러지는 변화는 가치 부여 대상이 달라진다는 점이다. 유년기 때에는 흥미를 느꼈던 유희들이 청소년, 성년으로 성장하면서 시시해지는 것처럼 어릴 적 소중했던 사물과 존재, 기호들은 어른이 됨과 동시에 그 가치를 잃어버리고 만다. 위 시에서 "아무도 소중하지 않아"라는 화자의 고백은, 어른이 되어 버린 현재에서 '소중함'이라는 가치를 부여할 대상의 부재로 인해 고독감과 외로움을 느끼는 현대인의 신음이다. 사회 활동을 하는 성인들이 매일 교류하는 사람들은 직업적, 사회적 필요에 의한 비즈니스 상대로서 자기 의지와는 무관하게 설정된 인간관계다. 심지어 성인에게는 가족마저도 본래의 가치를 상실한 부양의 대상, 의무적으로 최소한의 정해진 비용 지불과 다정함의 제스처만 취하면 그만인 '고객'이 되어 버린다.

박미경 시인은 그러한 어른의 세계에 환멸을 느낀다. 그 환멸을 극복하기 위해 시인은 보고 듣고 만지는 모든 대상이 신기하고 궁금했던, 세계와의 만남 자체가 소중했던 유년을 재생시킨다. 어느새 시인은 자기 존재를 "빗물이 토닥토닥 떨어지는 처마 밑"으로 데려다 놓는다. 거기서 시인은 "여자아이"가 되어 "치맛자락을 틀어쥐고 중얼거린"다. 이는 삶에서 진정 중요한 것을 회복하기 위한 자발적 퇴행인데, 이 퇴행을 두고 "나쁜 어른들이 손가락질한다면" 그들을 향해 '빽큐'를 날리겠다고 시인은 경고한다. 기성 세계에 대한 저항과 부정의 태도를 강하게 나타내는 것이다. 유년의 재생을 통한 자발적 퇴행은 결국 "무엇보다 귀엽고 소중했던 나의 샤랄라한 날들"을 복원시킨다. 생물학적으로는 어른이지만 자기 내면을 스스로 유년 존재로 퇴행시켜 감각과 정서의 순수함을 회복한 시인에게 이 세계는 다시 신기함으로 가득한 별천지가 된다. 확정된 의미들, 고정관념으로 가득한 기성 세계가 상상력과 은유, 해석으로 충만한 시의 세계로 전환되는 것이다.

2. 낯선 세계와의 소통, 자기 트라우마와의 조우

당신의 허구는 재미있어요. 흡입력도 있죠.
재미는 있지만 지극한 통속이죠.
상반된 평가여!
다시는 아프지 않겠다고
붉은 입술로 당신을 이슥고 슬프게 해드릴게요.
아니면 잠이 들 정도로 애처로운가요?
때론 지극한 사랑을 보면 낯설어져요.
세상을 잘못 날아왔나 싶을 정도로
그대는 푸른 수염과 이제 소통하지 않는가요.
겁만 주지요. 꼴찌는 외로워서요.
알바가 새벽에 끝나 일 교시 수업을 올 수가 없었어요.
까끌까끌한 모래를 삼킨 듯한
숨막히는 여름숲에 혼자 가보기로 했어요.
한때 시들시들한 다리에 단단한 침을 박았듯이
그래. 산 것은 살아야지. 아님 살아야 할 이유라든지.
유독 도드라지게 계부에게서 버림받은
새빨간 투피스의 여자아이.

소녀야! 너 어디로 가니?

툭, 툭 꽃모가지를 허벅지에 문지르듯

문득 미칠 듯한 졸음이 쏟아지듯

아차! 꿈 속에서 네 이름을 부르면

―「툭툭, 네 이름을 부르면」 전문

박미경 시인은 낯선 세계와의 소통, 외로운 단독 여행, 자기 트라우마와의 조우라는 특별한 작업들을 통해 시 쓰기의 과정을 수행하고 있다. 위의 시 「툭툭, 네 이름을 부르면」에는 그러한 시 창작 과정이 은유적 이미지를 통해 잘 나타나고 있다. 그래서 이 시는 한 편의 매혹적인 메타시로 읽힌다.

"당신의 허구는 재미있어요. 흡입력도 있고"와 "재미는 있지만 지극한 통속이죠"는 시인의 시를 향한 상반된 평가들이다. 자신의 시를 향한 평가를 직접 언급하면서 시인은 "다시는 아프지 않겠다"고, 또 "붉은 입술로 당신을 이윽고 슬프게 해드릴" 거라고 선언한다. 아프지 않겠다는 다짐은 어떠한 평가에도 상처받지 않겠다는 의지로 읽히고, '당신'을 슬프게 하겠다는 약속은 타인이 기대하는 시 대신 내가 쓰고 싶은 시를 써서 '당신'을 계속 실망시키겠다는 의미로 해석된다. 타인, 즉 평단이나 대중이 원하는 잘 빚어진 기성품으로서의 시 대신 '붉은 입술'의 시를 쓰겠다는 이야기다. 여기서 '붉은 입술'은 직설, 거짓말, 매혹의 에너지 같은 시적 요소들을 암시한다.

시인은 또 한 번 자발적 화자 퇴행을 시도한다. 이번엔 스스로를 '새빨간 투피스의 여자아이'이자 '꼴찌'로 호명한다. 빨간 투피스 입은 여자아이면서 꼴찌인 시인은 "지극한 사랑을 보면 낯설어진다"고 고백한다. 시의 가장 예민한 촉수는 이 세계를 낯설게 바라보는 시각이다. 쉬클로프스키 이후로 '낯설게 하기'는 현대시의 본령이자 기율로 자리매김했다. 화자의 퇴행과 동시에 시적 감각이 활달해져 시인에게 세계는 대상들과 지극히 사랑하며 교감하는 공간, 낯설음으로 가득한 상상의 자리로 변모한다. 시인은 오히려 자신의 시를 재단하고 평가하는 사람들에게 "그대는 푸른 수염과 이제 소통하지 않는가"라고 묻는다. 여기서 '푸른 수염'은 비가시적이고 비실재적인 상상의 존재이다. 육안으로 볼 수 없는, 낯선 상상의 존재와 소통을 통해 시적 영감을 얻는 시인에게는 '푸른 수염'과 소통하지 않는 사람들이 그저 평범하고 둔한 대중으로 여겨질 뿐이다.

하지만 평범한 사람들은 이러한 시인의 창작 방법론을 부정하고 비난하며 "겁만 준"다. 획일화된 몰개성의 세상이 정한 기준에서 언제나 소외될 수밖에 없는 시인은 외로움을 느낀다. 그러나 그 외로움에 절망하지 않고, 외로움을 동력으로 삼아 "까끌까끌한 모래를 삼킨 듯한 숨막히는 여름 숲에 혼자 가보기로" 한다. '숨막히는 여름 숲'은 고통과 고독의 은유이다. 시인은 주목과 호평, 자기 안주의 쾌적한 대로 대신 소외와 외로움, 끝없는 자기 갱신의 험난한 길을 스스로 선택해 걸어 나가려는 것이다. 시인으로서의 항존성을 유지하려는 치열한 내

적 고투의 태도가 돋보인다. 그렇게 묵묵히 스스로 지향하는 예술의 소로를 걷다 보니 "계부에게서 버림받은" 지난날의 트라우마와 마주한다. 시를 향한 여정은 궁극적으로는 자기 내면의 상처와 무의식들을 탐색하는 일이므로, 시인은 시 쓰기의 과정 가운데 '소녀'로 상징되는 자신의 과거와 조우한다. 그리고 그때 "꿈속에서 네 이름을 부르"는 경험을 하게 된다. 무의식적 시적 몽상 가운데서 새로운 시적 자아, 낯선 시의 페르소나와 만나게 되는 것이다. 이 자기 탐색에의 과정이 박미경 시인의 시 쓰기를 구동하는 작동 원리로 작용하고 있다.

3. 의미 이전의 언어, 감각으로서의 언어

박미경 시인은 의미라는 구속에 사로잡힌 언어를 의미 이전의 상태, 감각 그 자체로서의 언어로서 되돌리고자 한다. 의미 이전의 언어, 감각으로서의 언어를 향한 시인의 실험적 자세는 시집 전반에 걸쳐 지속적으로 나타나고 있다. 이를테면 아래와 같은 구절들에서 그렇다.

> 오늘은 삭제하면 랄랄라 어제같은 내일이 오겠죠 무엇보다 귀엽고 소중했던 나의 샤랄라한 날들이
>
> ―「빙고, 나의 소중했던 날들아」 부분

> 피부가 파시시 일어서는 동안 ―「너의 행방」 부분

꺼져랏!!

요술마차

쉬랑빵그랏시로옹!!!

—「가! 가!」 부분

마치 어린아이들의 말장난 같은 의성어, 의태어, 은어적 표현들을 시에 사용하고 있다. 이는 다분히 의도적인 것으로 앞서 언급한 화자의 퇴행과도 직접적인 관련이 있다. 퇴행 화자를 내세웠으니 시의 화법 역시 마땅히 유년의 발화법이 되어야 할 것이다. 박미경 시인은 다양한 음성 언어를 통해 유년의 발화법을 표현해 내고 있다. '랄랄라', '샤랄라한', '크허엉', '촤플 촤플', '파시시', '꺼져랏', '쉬랑빵그랏시로옹' 같은 시어들은 의미화되지 않은, 그 어떤 의미도 지니지 않은 순수 언어다. 시인은 이 언어들을 통해 의미 대신 감각을 전달한다. 위에 나열된 시어들은 의미를 지니진 않지만 소리 내어 발화했을 때 낯선 감각적 자극을 발생시킨다. 시인의 의도가 바로 거기에 있다. 어린아이가 처음 말을 배울 때, 말의 의미보다는 말이 일으키는 감각을 습득하는 것처럼 시인은 언어가 가진 의미 이전에, 언어에 첫 숨으로 부여된 감각을 주목하는 것이다.

우리가 사용하는 언어는 의미로부터 자유로울 수 없다. 그러나 어린 시절의 옹알이나 최초의 인류가 사용했을 동물적 언어—원시 부족의 방언이나 주술적 언어도 포함—는 의미, 즉 관념이 아닌 감각적 이미지다. 말씀이 세계를 창조했던 태

초의 언어, 로고스를 떠올려 보면 자명하다. 그때 언어는 사물을 수식하고 규정하는 보조 관념이 아니라 사물 그 자체인 원관념이었다. 박미경 시인은 시어의 파격적인 퇴행 운용을 통해 언어가 가지고 있던 본래적 힘, 의미와 판단에 구속되지 않은 순수의 에너지를 복원시키고자 한다. 그 에너지가 바로 감각이다. 박미경의 시는 언어를 통한 감각들의 증언으로 이루어져 있다.

"아직 낯선 통증이 허공의 순간을 흔들었다"(「오독의 처소」)라든가 "그대를 만지고 싶고 안기고 싶어 안달이 나고"(「봄꽃이 웃고 가는 바람에게」), "빨간 란제리를 입고/ 검은 브라를 입은 채/ 당신 입술에 살짝 키스하고 싶어요"(「사랑의 기타 부기」)와 같은 에로스적 이미지에서 시인이 추구하는 감각의 증언, 감각적 자극의 환기가 분명하게 나타나고 있다. "나는 사람이 고픈 여자아이 인형"(「분홍신을 신고」)이나 "헐렁한 큰 옷이 좋아. 내가 작아지는 느낌이거든. 몸집이 큰 남자가 백허그를 해주는 느낌"(「개인적 차원」) 같은 문장에서도 의미로서의 언어보다는 육체로서의 언어, 감각으로서의 언어가 더욱 돌올하다.

박미경 시인의 시를 읽으며 우리는 무지개가 일곱 색깔이라고 규정하는 확실성의 세계에서 벗어나 무수히 많은 빛의 파립으로 이뤄진 색채의 스펙트럼, 다채로운 감각과 상상력들이 낯선 이미지들로 그려져 있는 신기한 세계를 경험하게 된다. 박미경 시인은 직접 '이상한 나라의 앨리스'가 되어 우리들을 동화 속 상상의 나라 같은 키치 미학의 세계로 인도한다. 이제 우리는 한국어와 전통 서정시가 지닌 지나친 엄숙함에 균열을 내며 모국어의 말맛을 통해 시 읽는 재미를 극대화하는 그녀의 시적 전략을 주목할 필요가 있다.

박미경朴美璟
서울 출생. 2005년 《시평》으로 작품 활동 시작. 2006년 《정신과 표현》으로 등단. 인천대 국문과와 건국대, 전남대 대학원에서 공부했다. 시집으로 『풀꽃 연가』, 『슬픔이 있는 모서리』(2014년 문화체육부 우수교양도서 선정)가 있고, 이론서 『작문의 정석』(공저)이 있다. 목포 MBC와 KBS 방송 구성작가로 활동하였고, 현재 초당대 외래교수로 재직 중이다.
이메일 chaehong1246@hanmail.net

밤이면 거꾸로 돌아오는 흰 길
박미경 시집

초판 1쇄 발행일 2016년 12월 15일

지은이 · 박미경
펴낸이 · 김종해
펴낸곳 · 문학세계사

주소 · 서울시 마포구 신수로 59-1(04087)
대표전화 · 02-702-1800 팩시밀리 · 02-702-0084
이메일 · mail@msp21.co.kr
홈페이지 · www.msp21.co.kr
페이스북 · www.facebook.com/munsebooks
출판등록 · 제21-108호(1979.5.16)

값 8,000원
ISBN 978-89-7075-840-4 03810

이 책은 전남문화관광재단에서 제작비를 지원받았습니다.

이 도서의 국립중앙도서관 출판예정도서목록(CIP)은 서지정보유통지원시스템 홈페이지(http://seoji.nl.go.kr)와 국가자료공동목록시스템(http://www.nl.go.kr/kolisnet)에서 이용하실 수 있습니다.(CIP제어번호:CIP2016029100)